AF290088

Analyse de l'œuvre

Par Claire Cornillon et Ariane César

Amphitryon

de Molière

Rendez-vous sur lepetitlitteraire.fr et découvrez :

Plus de 1200 analyses
Claires et synthétiques
Téléchargeables en 30 secondes
À imprimer chez soi

MOLIÈRE

DRAMATURGE, COMÉDIEN ET CHEF DE TROUPE FRANÇAIS

- **Né en 1622 à Paris**
- **Décédé en 1673 dans la même ville**
- **Quelques-unes de ses œuvres :**
  - *Dom Juan* (1665), comédie
  - *L'Avare* (1668), comédie
  - *Le Bourgeois gentilhomme* (1670), comédie-ballet

À la fois auteur, metteur en scène, directeur de troupe et comédien, Molière, de son vrai nom Jean-Baptiste Poquelin, provient de la bourgeoisie aisée.

Il s'oriente très tôt vers le théâtre et fonde avec la comédienne française Madeleine Béjart (1618-1672) la troupe de l'Illustre-Théâtre. Après 12 ans de théâtre itinérant en province, il revient à Paris où il est remarqué par Louis XIV (roi de France, 1638-1715) qui le prend à son service.

Il écrit essentiellement des comédies dans lesquelles, sous le couvert du rire, il met au jour les défauts de ses contemporains (la préciosité, le pédantisme, l'avarice, etc.) et critique la société du XVIIe siècle (les pères autoritaires, les faux dévots, les médecins charlatans, etc.). Ses nombreuses pièces exercent encore aujourd'hui une influence considérable et font de Molière un auteur majeur du siècle classique.

AMPHITRYON

UNE COMÉDIE AUX NOMBREUX QUIPROQUOS

- **Genre :** comédie
- **Édition de référence :** *Amphitryon*, Paris, Le Livre de Poche, coll. « Le Théâtre de Poche », 1999, 177 p.
- **1ʳᵉ édition :** 1668
- **Thématiques :** double, quiproquo, mythologie, déguisement, reflet

Amphitryon est une comédie en trois actes, écrite en vers. Elle est représentée pour la première fois au théâtre du Palais-Royal (Paris) en 1668. La pièce s'inspire de personnages de la mythologie antique et reprend la trame de la pièce éponyme de Plaute (poète comique latin vers 254 av. J-C-184 av. J-C).

Amphitryon joue de manière particulièrement efficace sur le motif du double, du miroir et du quiproquo en mettant en scène Jupiter (le roi des dieux) qui, pour passer la nuit avec Alcmène, prend l'apparence de son mari Amphitryon. Mercure (le messager des dieux), de son côté, prend la forme de son serviteur, Sosie.

RÉSUMÉ

PROLOGUE

Mercure, sur un nuage, dialogue avec la Nuit. Jupiter, raconte-t-il, séduit par Alcmène, la femme d'Amphitryon, a pris la forme de ce dernier pour passer la nuit avec elle. Mercure vient donc demander à la Nuit de retarder la venue du jour pour que Jupiter puisse passer plus de temps avec Alcmène. Mercure prend ensuite la forme du valet d'Amphitryon, Sosie.

ACTE I

La scène se déroule à Thèbes (Grèce) devant la maison d'Amphitryon. Sosie est envoyé par son maitre pour conter à Alcmène la bataille à laquelle il a participé. En effet, le valet n'y a pas assisté et se demande comment il va pouvoir en faire le récit : « Il me faudrait, pour l'ambassade,/ Quelque discours prémédité./ Je dois aux yeux d'Alcmène un portrait militaire/ Du grand combat qui met nos ennemis à bas ;/, Mais comment diantre le faire,/ Si je ne m'y trouvai pas ? » (acte I, scène I) Il décide alors de s'entrainer et parle à sa lanterne comme si elle était Alcmène.

Entre Mercure, sous la forme de Sosie : « Sous ce minois qui lui ressemble,/ Chassons de ces lieux ce causeur,/ Dont l'abord importun troublerait la douceur/ Que nos amants goutent ensemble. » (acte I, scène II) Sosie provoque Mercure sans savoir qui il est.

Lorsque celui-ci lui demande, par exemple, s'il est maitre ou valet, il répond : « Comme il me prend envie. » (acte I, scène II) Il indique ensuite qu'il est Sosie, le valet d'Amphitryon.

À ces mots, Mercure le bat en lui disant qu'il ne peut pas être Sosie puisque Sosie, c'est lui. Le véritable Sosie pose alors des questions à Mercure pour savoir si ce qu'il dit est vrai et, en effet, le dieu connait ce que seul Sosie peut savoir, ce qui suscite le doute chez le pauvre valet : « Je ne saurais nier aux preuves qu'on m'expose,/ Que tu ne sois Sosie, et j'y donne ma voix. Mais si tu l'es, dis-moi qui tu veux que je sois ?/, Car encore faut-il bien que je sois quelque chose. » (acte I, scène II)

Entrent Alcmène et Jupiter, ce dernier sous la

forme d'Amphitryon. Il lui dit vouloir qu'elle l'aime, non pas parce qu'il est son époux, mais pour lui-même. Dans son discours, Jupiter dédouble ainsi habilement l'époux (le vrai Amphitryon) et l'amant (lui-même).

Mercure, quant à lui, veut s'en aller, mais Cléanthis, la femme de Sosie, qui croit voir en lui son époux, s'en plaint. Elle lui reproche son manque d'attention. Il lui répond qu'ils ne sont plus de jeunes amoureux et que le temps de la galanterie est terminé. Il va même jusqu'à lui dire qu'elle pourrait « aimer un galant » (acte I, scène IV) sans que cela ne le dérange.

ACTE II

Le vrai Sosie raconte ce qui est arrivé au véritable Amphitryon, qui est de retour. Celui-ci ne le croit pas : « D'où peut procéder, je te prie,/ Ce galimatias maudit ?/ Est-ce songe ? est-ce ivrognerie,/ Aliénation d'esprit,/ Ou méchante plaisanterie ? » (acte II, scène I)

Alcmène est surprise de voir son époux de retour si tôt. Il s'ensuit un quiproquo : Amphitryon, qui n'était pas là la veille, se plaint du manque de chaleur de l'accueil de son épouse. Elle qui croit avoir passé la nuit précédente avec son mari ne comprend pas ce reproche. Elle lui rappelle ce qu'il s'est passé la veille.

Sosie se demande alors si pareille aventure ne lui est pas également arrivée et interroge sa femme sur ce qui s'est passé la veille : mais pour eux, c'est l'inverse qui s'est produit et Sosie apprend que son double a dédaigné Cléanthis.

Jupiter revient, toujours sous la forme d'Amphitryon, mais Alcmène le chasse, en colère après la dispute qu'elle a eue avec son véritable mari. Jupiter lui dit que ce n'était qu'un jeu, mais elle refuse de lui pardonner. Il se lance alors dans une grande tirade pathétique qui parvient à adoucir Alcmène. Quant au vrai Sosie, de même, il essaie de faire la paix avec Cléanthis, mais celle-ci refuse.

ACTE III

Mercure veut continuer sur sa lancée et jouer encore un tour à Amphitryon : « Comme l'amour ici ne m'offre aucun plaisir,/ Je m'en veux faire au moins qui soient d'autre nature,/ Et je vais égayer mon sérieux loisir/ À mettre Amphitryon hors de toute mesure. » (acte III, scène I) Sous l'apparence de Sosie, il fait semblant de ne pas reconnaitre Amphitryon. Il lui dit qu'il n'est pas son maitre puisque celui-ci est dans la maison. Amphitryon est perdu : « Ah ! quel étrange coup m'a-t-il porté dans l'âme !/ En quel trouble cruel jette-t-il mon esprit ! » (acte III, scène III)

Amphitryon est en colère contre Sosie, à cause du tour que lui a joué Mercure. Jupiter apparait alors sous la forme d'Amphitryon. Tous les personnages sont surpris de voir deux Amphitryons et essaient de déterminer lequel est l'imposteur. Mercure révèle son identité et celle de Jupiter, puis il s'envole.

Avant de se perdre dans les nues, Jupiter dit à Amphitryon qu'il n'a pas à rougir d'avoir eu Jupiter comme rival : « Et, sans doute, il ne peut qu'être glorieux/ De se voir le rival du souverain des dieux. » (acte III, scène X)

Sosie conclut alors la pièce sur ces mots : « Mais enfin coupons aux discours,/ Et que chacun chez soi doucement se retire :/ Sur telles affaires, toujours/ Le meilleur est de ne rien dire. » (acte III, scène X)

ÉTUDE DES PERSONNAGES

JUPITER ET MERCURE

Jupiter, le roi des dieux, et Mercure, leur messager, sont en quelque sorte les metteurs en scène de cette comédie. Parce que Jupiter est séduit par Alcmène et qu'il veut passer la nuit avec elle, il choisit de la duper et de prendre l'apparence de son mari.

On retrouve, dès le prologue, la principale caractéristique du dieu de la mythologie gréco-latine : « Et vous n'ignorez pas que ce maitre des dieux/ Aime à s'humaniser pour des beautés mortelles,/ Et sait cent tours ingénieux,/ Pour mettre à bout les plus cruelles. »

Zeus/Jupiter prend une multitude de formes au gré des histoires pour séduire ses maitresses : « Mais de voir Jupiter taureau,/ Serpent, cygne, ou quelque autre chose. » (prologue) Mercure, de son côté, aide Jupiter en allant demander à la Nuit de retarder l'aube et prend lui aussi une autre forme, celle du valet Sosie, pour suivre ce qui va se passer. Tous les deux sont donc à la fois comédiens et metteurs en scène d'une duperie dont ils sont les auteurs. Tous les deux prennent un malin plaisir à perturber leur alter ego, respectivement Amphitryon et Sosie.

Ils font preuve de ruse et manipulent facilement leurs pauvres interlocuteurs : Jupiter n'hésite pas à attendrir Alcmène par une grande tirade pathétique particulièrement bien interprétée (acte II, scène VI). Mercure, quant à lui, s'amuse avec Sosie : « Et je vais m'égayer avec lui comme il faut,/ En lui volant son nom, avec sa ressemblance. » (acte I, scène II), Mais il aime aussi se jouer d'Amphitryon : « Ils goûtent le plaisir de s'être rajustés./ Garde-toi de troubler leurs douces privautés,/ Si tu ne veux qu'il ne punisse/ L'excès de tes témérités. » (acte III, scène II)

Ils représentent donc le faux et construisent l'intrigue de la pièce comme un jeu de badinage et de séduction. Pourtant, Jupiter souhaiterait être aimé pour lui-même : il prend la forme du mari, mais souhaite être aimé comme un amant. Il dédouble ainsi dans son discours le mari et l'amant, qui sont en effet deux personnes différentes, mais qu'Alcmène ne perçoit que comme un seul et même individu : « Mais l'amant seul me touche, à parler franchement,/ Et je sens, près de vous, que le mari le gêne » (acte I, scène III), lui dit-il. Alors même qu'il prend l'apparence d'un autre, il voudrait paradoxalement qu'Alcmène lui montre son amour et n'agisse pas que par devoir. Sa position est donc ambivalente.

AMPHITRYON ET SOSIE

Face aux dupeurs, Amphitryon et son valet Sosie sont les dupés. Humains, ils sont facilement manipulés par les dieux qui usent non seulement de leur pouvoir, mais aussi de leur intelligence et de leur maitrise du langage pour s'amuser à leurs dépens. On se souvient de cette tirade d'Amphitryon, trompé par les dieux et complètement perdu : « Ah ! quel étrange coup m'a-t-il porté dans l'âme ?/ En quel trouble cruel jette-t-il mon esprit ? » (acte III, scène III)

Amphitryon est finalement un personnage assez peu présent durant la pièce ; il apparait simplement pour constater que des choses étranges se sont produites et qu'il a été abusé, comme dans la scène I de l'acte III. La comédie se construit à ses dépens et se termine sur la constatation ironique qu'il devrait être heureux d'avoir eu pour rival un dieu.

Amphitryon et Sosie introduisent aussi une distinction sociale au sein du duo qu'ils forment. Sosie insiste très souvent sur sa condition de valet. Par exemple, dans l'acte II, il s'exprime ainsi : « Tous les discours sont des sottises,/ Partant d'un homme sans éclat ;/ Ce serait paroles exquises/ Si c'était un grand qui parlât. » (acte II, scène I) Mais il incarne aussi le valet typique de comédie. Dès la première scène, il apparait en poltron : « Qui va là ? Hé ? ma peur, à chaque pas, s'accroît ! » (acte I, scène I)

Sosie est aussi vantard. Face à Mercure, lors de leur première rencontre, il fait preuve d'audace en le provoquant, mais il ne sait pas à qui il a affaire et finalement se fait battre sur son propre terrain : « Je fais le bien et le mal tour à tour ;/ Je viens de là, vais là ; j'appartiens à mon maitre » (acte I, scène II), répond-il à Mercure lui demandant qui il est. Et il ne comprend rien à ce qu'il se passe autour de lui : non seulement Mercure parvient à lui faire croire qu'il est en effet lui-même, mais il est également perdu quand il s'agit de la relation avec sa femme. Il ne parvient jamais à analyser correctement la situation.

Cependant, il est omniprésent et actif : il intervient, il n'hésite pas à s'exprimer et il commente ce qu'il se passe, ce qui permet d'éclaircir l'intrigue (acte II, scène II). C'est d'ailleurs à lui que revient le dernier mot de la pièce.

ALCMÈNE ET CLÉANTHIS

Les deux femmes de la pièce sont confrontées aux quatre hommes qui les entourent. Bien qu'elles soient au centre de l'intrigue, elles la subissent essentiellement. Elles représentent l'objet de convoitise.

Mais chaque personnage se situe différemment par rapport à elles et c'est ce qui crée l'intrigue : les deux maris ne souhaitent rien d'autre que de retrouver leur femme.

En revanche, si Jupiter séduit Alcmène, Mercure se désintéresse de Cléanthis qui résume elle-même assez bien la situation : « Ô Ciel ! que d'aimables caresses/ D'un époux ardemment chéri !/ Et que mon traitre de mari/ Est loin de toutes ces tendresses ! » (acte I, scène IV) Les problèmes que les maris rencontrent sont donc strictement opposés.

Alcmène et Cléanthis tentent d'être vertueuses et réagissent aux évènements à partir des informations qu'elles possèdent : Alcmène, malgré sa vertu, se sent mal jugée par Amphitryon (« Et quel manque de foi/ Vous fait ici me traiter de coupable ? », acte II, scène II) et Cléanthis croit être délaissée par Sosie (« Mais je ne vis jamais une froideur pareille », acte II, scène II).

En revanche, elles sont toutes deux des femmes de caractère et Alcmène commence par repousser Jupiter lorsqu'elle croit avoir été victime d'un jeu, avant d'être attendrie par le discours du dieu. Cléanthis, quant à elle, ne pardonne pas à Sosie l'attitude de Mercure.

CLÉS DE LECTURE

DE LA FARCE
À LA COMÉDIE GALANTE

Pour construire le sujet de sa pièce, Molière puise directement son inspiration chez l'auteur latin Plaute et sa comédie du même nom, *Amphitryon* (187 av. J.-C.). Il en reprend l'intrigue, les personnages et les péripéties et, comme Plaute, il adopte le registre burlesque.

Molière emprunte également à l'Antiquité, plus précisément au théâtre athénien, l'utilisation de la machinerie : le *deus ex machina* où le dieu, surgissant des coulisses, est apporté par une machine sur le devant de la scène. C'est une nouveauté, car, jusqu'alors, les machines n'étaient utilisées qu'en tragédie (par exemple, dans *Médée* [1635] de Corneille [poète dramatique français, 1606-1684]).

Pour faire rire, Molière reste largement influencé par la farce médiévale et les mises en scène bien rôdées de la comédie des masques (*commedia dell'arte*, théâtre professionnel apparu en Italie au XVIe siècle et basé essentiellement sur l'improvisation, le jeu masqué et les acrobaties) : déguisements, ruses et bouffonneries, personnages types caricaturant la société, intrigues mêlant amours contrariées et scènes de ménage, etc. Il en reprend ainsi les différents types de comiques, en ajoute d'autres (comme la parodie), jouant de cette façon sur différents registres, allant du burlesque au trait d'esprit. Le rire est alors présent à différents niveaux : l'intrigue, le jeu des personnages, le langage.

L'intrigue

Amphitryon met en scène des dieux et des mortels de l'Antiquité sur fond d'intrigue burlesque : un mari trompé à son insu et à l'insu de son épouse. Molière, comme dans chacune de ses comédies, s'inscrit dans la lignée de la farce. Ce genre comique s'inspire des auteurs antiques et a traversé les siècles : à l'origine théâtre de rue et d'improvisation, il devient un genre autonome au XVe siècle avec, notamment, *La Farce du Cuvier* (XVe siècle) et *La Farce de Maitre Pathelin* (vers 1455).

La farce dresse le portrait de bourgeois ou de gens du peuple, de façon grossière, leur faisant vivre des situations familières qui prêtent au rire (scènes de ménage, mari trompé, etc.). Les acteurs tiennent alors le rôle de personnages stéréotypés : un vieillard dupé, un valet ivrogne, un amoureux éperdu, etc. La nouveauté, dans *Amphitryon*, est de voir des personnages aussi haut placés que des dieux pouvant se comporter de façon aussi familière et aussi burlesque que des hommes.

Ainsi, le ton est-il donné dès le prologue. On y voit Mercure, fatigué, assis dans une posture qui convient aux humains, mais non à un Dieu. Et la Nuit de le lui rappeler : « Non ; mais il faut sans cesse garder le decorum de la divinité. » (prologue)

Le jeu des acteurs

Le jeu des acteurs provoque avant tout le rire, soit parce que la situation dans laquelle ils se trouvent est insolite, soit parce que leurs gestes sont excessifs ou dénotent avec leurs personnages.

La situation des couples Sosie-Cléanthis et Amphitryon-Alcmène fait rire, car toute la pièce est teintée de quiproquos et de tromperies. Le quiproquo est une situation de méprise sur une personne, un évènement ou un fait. Dans la pièce, ce sont les changements d'apparence des personnages qui en sont l'origine : Mercure devient Sosie et Jupiter prend l'apparence d'Amphitryon. Les malentendus s'installent alors entre les personnages (Sosie et Cléanthis, Amphitryon et Alcmène, Amphitryon et Sosie).

Aussi, face à un public qui en sait plus qu'eux sur l'intrigue, ils ont des réactions bien singulières puisqu'ils en arrivent, comme Sosie, à douter de leur propre personne (« Ciel ! me faut-il ainsi renoncer à moi-même », acte I, scène II) ou à inventer n'importe quelle excuse pour justifier des comportements et propos qu'ils n'ont jamais eus (« Nous avions bu de je ne sais quel vin,/ Qui m'a fait oublier tout ce que j'ai pu faire », acte II, scène II).

Molière fait également appel au comique de geste dans le jeu de scène de l'acteur, c'est-à-dire qu'il prête à ses personnages des gestes exagérés, déplacés ou inadéquats par rapport à la situation. Le public retrouve ainsi l'incontournable bastonnade, scène issue de la farce et récurrente dans les comédies de Molière : « Mille coups de bâton doivent être le prix/ D'une pareille effronterie. » (acte I, scène II)

Enfin, l'intervention de la machinerie apporte la touche solennelle à cette pièce, car, malgré toute cette farce, elle remet les dieux à leur véritable place, au-dessus des humains, avec les attributs surnaturels qui conviennent à leur rang, comme le pouvoir de voler : Mercure « vole dans le Ciel » (acte III, scène IX) et Jupiter « se perd dans les nues » (acte III, scène X).

Le langage

Pour cette comédie, Molière varie le style, allant du ton familier à la préciosité (expression littéraire raffinée en vogue dans les salons mondains du XVIIe siècle). Molière utilise ainsi le langage grossier dans la bouche de Sosie, exaspéré par le dieu Mercure : « Que je te rosserais, si j'avais du courage,/ Double fils de putain, de trop d'orgueil enflé ! » (acte III, scène VI) Mercure, bien qu'il soit un dieu, peut également tenir un discours aussi familier que celui des humains : « Et je m'en vais au Ciel, avec de l'ambrosie,/ M'en débarbouiller tout à fait. » (acte III, scène IX)

C'est donc dans la bouche de Jupiter que l'on retrouve des traits de préciosité et de langage galant, notamment dans sa longue tirade amoureuse pour séduire Alcmène : « Déjà, de ces moments, la barbare longueur,/ Fait, sous des atteintes mortelles,/ Succomber tout mon triste cœur ;/ Et de mille vautours, les blessures cruelles,/ N'ont rien de comparable à ma vive douleur. » (acte II, scène VI)

À cette variété de registres de langue s'ajoute la diversité des rimes. Molière écrit en effet une comédie versifiée, ce qui donne plus de noblesse à une pièce mettant en scène des dieux. On remarque toutefois que la versification est assez libre, puisque Molière passe du vers libre et court dans les répliques familières à l'octosyllabe (vers de 8 pieds) et l'alexandrin (vers de 12 pieds) dans les passages plus nobles et plus galants.

- Vers rimés (acte II, scène VI ; v. 1341-1390) : discours galant de Jupiter à Alcmène, pour la séduire. Les octosyllabes se mêlent aux alexandrins, dans un ensemble de rimes croisées.

- Vers libres (acte I, scène II) : dans ce dialogue entre Mercure et Sosie, les vers ne riment pas et Molière préfère l'octosyllabe et l'alexandrin répartis sur plusieurs répliques.

Amphitryon est donc un subtil mélange de genres. En effet, Molière allie la comédie de tréteaux, populaire et inspirée des Italiens, et la comédie à divertissements qui unit la préciosité dans le langage, le vers rimé et l'utilisation des machines.

LES PROCÉDÉS DE MISE EN SCÈNE

Jeux de miroir

L'ensemble de la pièce se construit autour du motif du double : au duo des dieux Jupiter/Mercure répond celui des hommes Amphitryon/Sosie. Et à ces deux duos répond celui des femmes Alcmène/Cléanthis.

Parallèlement à cela, on trouve les différents couples : Alcmène/Amphitryon, Sosie/Cléanthis, mais aussi Jupiter/Alcmène et le couple raté, si l'on peut dire, Mercure/Cléanthis, qui n'existe finalement pas. L'entrecroisement des personnages est donc particulièrement complexe et la pièce joue en permanence sur les interférences entre ces duos.

L'un des ressorts principaux d'*Amphitryon* est bien sûr le quiproquo, comme nous l'avons déjà évoqué. Comme deux personnages apparaissent sous la forme d'autres personnages, ce qu'ils font entre en conflit avec ce que font ou disent ceux à qui ils ont volé l'identité. Cléanthis et Alcmène ne comprennent donc pas les revirements soudains de leurs maris qui sont dus au simple fait qu'elles ne s'adressent plus aux mêmes personnes.

De même, la confrontation des doubles est aussi fondamentale. Si cette confrontation dans le cas de Jupiter/Amphitryon est résolutoire et marque la fin de la pièce, celle de Sosie avec Mercure est un rebondissement comique gratuit que Mercure s'offre par pur plaisir. En résulte un chaos identitaire qui fait que les personnages n'y comprennent plus rien : « [...] dans ce fatal embarras,/ Je ne sais plus que croire, ni que dire » (acte III, scène IV), s'écrie Amphitryon.

Ce jeu de masques est poussé à son paroxysme dans les dialogues comme dans les situations pour en tirer des effets comiques. Sosie en vient ainsi à douter de sa propre identité et déclare, dans un dialogue qui frôle l'absurde, qu'en effet Mercure doit bien être Sosie puisqu'il lui ressemble exactement et connait ce que lui seul connait. Il se demande alors qui il peut bien être, si Sosie est devant lui.

Enfin, les situations se répètent pour le maitre et pour le valet, mais sans se reproduire exactement. Par exemple, lorsqu'Amphitryon découvre qu'Alcmène a passé la nuit avec son double, Sosie se demande si c'est aussi le cas de Cléanthis, mais découvre qu'au contraire elle a été délaissée par son double.

L'intrigue joue ainsi sur des effets de chiasme (figure de style qui consiste à créer un parallèle entre deux phrases structurellement identiques, mais au sein desquelles l'ordre des mots a été inversé) entre la situation du maitre et celle du valet.

Sosie rencontre le premier son double et déduit alors, de la situation de son maitre, que lui aussi a peut-être un double, mais les répercussions pour Sosie ne sont que minimes et relèvent simplement du mauvais tour, alors que la situation d'Amphitryon est plus sérieuse puisque sa femme l'a trompé avec Jupiter sans le savoir.

Une mise en abyme

À l'intérieur de la pièce, il existe des personnages comédiens et des personnages metteurs en scène. Ainsi, Jupiter et Mercure préparent une pièce dans laquelle Amphitryon, Sosie, Alcmène et Cléanthis jouent sans le savoir.

Or, par le prologue, le spectateur est informé du plan que les dieux ont orchestré : Jupiter a pris l'apparence d'Amphitryon pour séduire Alcmène et Mercure demande à la Nuit que ses chevaux « pour satisfaire aux vœux de son âme amoureuse,/ D'une nuit si délicieuse,/ Fassent la plus longue des nuits » (prologue).

Le public devient complice de la ruse des deux metteurs en scène, Jupiter et Mercure, puisqu'il connait lui aussi leur véritable identité, aux dépens des personnages dupés. La pièce repose en grande partie sur l'inégalité des personnages face à l'information : ceux qui savent ont l'avantage sur ceux qui ne savent pas et tout se joue dans cette manipulation devant les yeux du spectateur acolyte.

À partir de cette situation fondamentale, nous avons l'impression d'assister à une pièce dans la pièce : il s'agit d'une mise en abyme (procédé artistique qui consiste à enchâsser une œuvre dans une œuvre similaire).

Par exemple, Mercure indique lui-même qu'il va jouer un tour à Sosie et incarne ensuite son personnage avec conviction. Jupiter, lui, joue de ses talents de rhéteur pour convaincre Alcmène de lui avouer son amour (« Je ne vois rien en vous, dont mon feu ne s'augmente », acte I, scène III), et de tragédien pour obtenir son pardon quelques scènes plus loin (« Et moi, je ne puis vivre à moins que vous quittiez/ Cette colère qui m'accable », acte II, scène VI). Le roi des dieux prend ainsi habilement la place d'Amphitryon auprès d'Alcmène qui n'y voit que du feu.

Le couple valet-maitre

Le valet et le maitre sont des personnages récurrents des comédies de Molière. Valet et maitre forment un couple antagoniste, car l'un et l'autre se complètent, l'un ne peut fonctionner sans l'autre.

Le valet est un stéréotype bien connu de la comédie des masques. Les deux zanis (bouffons serviteurs dans la *commedia dell'arte*), Arlequin et Brighella, ont largement inspiré Molière pour ses comédies.

Ce personnage du valet tantôt fourbe, rusé, intrigant, tantôt voleur, menteur ou railleur, fait rire par son franc-parler, ses facéties et ses expressions, et accroche l'attention des spectateurs. Dans *Amphitryon*, les valets sont Mercure et Sosie. On trouve, dans leurs personnages, l'expression de différents types de comique :

- **Comique de caractère**. Sosie est la caricature du valet rusé, mais peureux (« Qui va là ? Heu ? Ma peur, à chaque pas s'accroit », acte I, scène I ; « De mortelles frayeurs je sens mon âme atteinte », acte I, scène II) et Mercure est le serviteur agressif et grossier (« Qui donc est ce coquin, qui prend tant de licence,/ Que de chanter, et m'étourdir ainsi ?/ Veut-il qu'à l'étriller, ma main un peu s'applique ? », acte I, scène II).

- **Comique de situation**. Ce type de comique est dû principalement aux quiproquos. Sosie, par exemple, ne comprend rien à la situation dans laquelle il se trouve quand il découvre Mercure qui a pris son apparence (« Ce moi, plutôt que moi, s'est au logis trouvé :/ Et j'étais venu, je vous jure,/ Avant que je fusse arrivé », acte II, scène I).

- **Comique de mots et de gestes**. Par leurs attitudes (gestes déplacés ou inadéquats) et leur langage (répétitions, mots en cascade, etc.), Mercure et Sosie font rire. On peut citer, par exemple, cette réplique de Sosie où la répétition du « moi » montre combien il est exaspéré d'avoir face à lui Amphitryon qui ne comprend rien de son histoire :

> « Moi, vous dis-je, ce moi plus robuste que moi ;
> Ce moi, qui s'est de force emparé de la porte.
> Ce moi, qui m'a fait filer doux,
> Ce moi, qui le seul moi veut être,
> Ce moi, de moi-même jaloux,
> Ce moi vaillant, dont le courroux,
> Au moi poltron s'est fait connaitre,
> Enfin ce moi qui suis chez nous,
> Ce moi qui s'est montré mon maitre,
> Ce moi qui m'a roué de coups. » (acte II, scène I)

Dans la comédie, le valet est également le miroir de son maitre, car il en révèle les défauts, dans ses attitudes ou ses répliques. Si Mercure ne donne pas la réplique à Jupiter dans cette comédie, il n'en laisse pas moins paraitre son principal défaut : son caractère volage. Le public de Molière connaissait, en effet, l'histoire des dieux grecs et romains et, en particulier, le caractère autoritaire d'Héra, l'épouse de Zeus.

Mercure, dans une réplique à Cléanthis, se fait en quelque sorte le miroir de Zeus, ce dieu séducteur, et tend à lui trouver des circonstances atténuantes : « La douceur d'une femme est tout ce qui me charme/ Et ta vertu fait un vacarme,/ Qui ne cesse de m'assommer. » (acte I, scène IV) Molière associe Cléanthis à Héra : la jalousie et la hargne de la déesse du mariage, qui plus est épouse fidèle, se retrouvent chez Cléanthis. Cette attitude n'est pas du gout de Mercure et reflète exactement ce que Zeus pense d'Héra qui, selon la légende, n'est que reproches et source de conflit dans leur couple.

Le valet joue enfin le rôle du confident, car il permet à son maitre de dévoiler ses émotions, ses sentiments : il reçoit les confidences et permet ainsi à l'action d'avancer. À l'occasion, il peut se faire entremetteur. Il est un peu le héros de la pièce grâce à qui l'intrigue se termine bien, il est celui qui sauve une situation périlleuse.

Molière mise donc sur ses valets pour débloquer les situations : Mercure met tout en œuvre, y compris demander à la Nuit de ralentir sa course, pour que Jupiter passe plus de temps avec Alcmène. Sosie, qui travaille au dénouement de l'intrigue durant toute la pièce, donne quant à lui, en présence de son maitre, le mot de la fin qui résonne comme une morale aux oreilles du public : « Sur telles affaires, toujours,/ Le meilleur est de ne rien dire. » (acte III, scène XX)

UNE SATIRE DE LA COUR DE LOUIS XIV

Dans le premier « Placet au roi » de *Tartuffe* (1669), comédie satirique, Molière écrivait ceci à Louis XIV : « Le devoir de la comédie étant de corriger les hommes en les divertissant, j'ai cru que, dans l'emploi où je me trouve, je n'avais rien de mieux à faire que d'attaquer par des peintures ridicules les vices de mon siècle. » (MOLIÈRE,

Tartuffe, Paris, Louandre, p. 369) Les pièces de Molière appartiennent au genre de la satire sociale : l'intrigue, souvent minimaliste, sert de support à la critique des mœurs.

En s'inspirant de l'*Amphitryon* de Plaute, Molière reprend avec humour le thème des aventures amoureuses de Jupiter. Prendre comme personnage le roi des dieux faisant la cour, de façon galante, à la belle Alcmène, sa nouvelle conquête, permet à Molière de s'adonner une nouvelle fois à la satire en s'attaquant aux mœurs de son temps. Si l'on en croit l'écho que donnaient les courtisans de Louis XIV après avoir assisté à la représentation de la pièce, Molière s'attache, en particulier, aux aventures extraconjugales du roi.

LES MŒURS À LA COUR DE LOUIS XIV

Quand Molière fait jouer *Amphitryon* pour la première fois, à Paris en 1668, Louis XIV est éperdument épris d'Athénaïs de Montespan (1640-1707) dont il a fait sa favorite un an auparavant. Ce statut de favorite du roi comporte des droits et des devoirs, notamment l'obligation de vivre dans l'entourage du roi, ce qui ne passe pas inaperçu. De plus, Athénaïs est déjà mariée à Louis-Henri de Pardaillan de Gondrin, marquis de Montespan (1640-1701), dont elle a un enfant.

Jaloux de la relation qu'entretient le roi avec son épouse, le marquis tente de faire annuler le mariage et se donne en spectacle, faisant apposer des bois de cerf sur son carrosse pour crier haut et fort sa condition de cocu et salir la réputation du souverain. Pour cette offense, il est condamné à l'exil et renvoyé sur ses terres de Gascogne (Landes, Gers, Hautes-Pyrénées).

Tout Paris est bien au courant de ce qui se passe à la Cour. De nombreuses jeunes filles y sont présentées à Louis XIV, souvent par leurs parents eux-mêmes, car passer par le lit du roi, c'est s'assurer une réussite sociale. En 1682, Louis XIV quitte Paris et s'installe à Versailles : il y a commandé de nombreux travaux et aménagements. La Cour le suit et, avec elle, les maitresses du roi.

Les mœurs aux abords du château sont tout aussi légères qu'en dedans : la prostitution y fait désordre et Louis XIV se voit contraint de proclamer un édit punissant quiconque

Dans la pièce de Molière, toutes les couches de la société sont représentées par des personnages du même rang, mais issus de la mythologie gréco-romaine : Jupiter, le roi des dieux, est Louis XIV, le Roi-Soleil ; Alcmène et Amphitryon sont plus que probablement le marquis de Montespan et son épouse, alors favorite de Louis XIV ; et le couple Sosie-Cléanthis représente la domesticité. Quant à Mercure, messager des dieux si complaisant envers Jupiter, il incarne le courtisan prêt à tout pour plaire au roi : il allonge la durée de la nuit, éloigne Sosie du domicile d'Amphitryon pour que le dieu ait le champ libre, etc.

Molière profite ainsi de la pièce pour dénoncer l'hypocrisie de la Cour. C'est vrai, Louis XIV aime les femmes, collectionne les maitresses, et les rumeurs vont bon train dans les couloirs du palais. Mais, en réalité, ne devrait-on pas remercier le roi, à l'instar de Jupiter qui invite Amphitryon à le remercier de l'avoir fait cocu, puisque de cette aventure naitra un enfant illustre, Héraclès, symbole de l'union de la Terre et du Ciel : « Un partage avec Jupiter/ N'a rien du tout qui déshonore/ Et sans doute, il ne peut être que glorieux,/ De se voir le rival du souverain des dieux. » (acte III, scène x)

En légitimant la plupart de ses enfants naturels et en leur assurant une position satisfaisante, Louis XIV permettait aux époux de ses maitresses de tirer profit, socialement et financièrement, d'une situation qu'ils auraient pu qualifier d'humiliante. Cette comédie est donc à rapprocher de ce qui se passait à l'époque : « Quand le Roi avait distingué une femme dans les salons de Versailles, le mari ne lui causait pas grand souci ; peut-être même croyait-il de bonne foi lui faire beaucoup d'honneur, tant il était pénétré de sa qualité divine. » (PLANCHE G., « Les reprises au Théâtre-Français, l'*Amphitryon* de Molière », in *Revue des deux mondes*, le 15 octobre 1856, t. IV, p. 456)

Pour donner plus de force à la satire, Molière a également recours à la parodie de récit héroïque (récit romanesque ou épopée racontant les exploits historiques ou mythiques de héros ou de peuples). On sent une allusion aux récits héroïques des auteurs contemporains de Molière, en particulier à la tragédie *Le Cid*, écrite en 1637 par Corneille et dont la scène II de l'acte III livre les exploits de Don Rodrigue (personnage du *Cid*).

Dès la première scène, Sosie se lance dans un long monologue où il narre les exploits militaires d'Amphitryon, des exploits auxquels il n'a pas assisté : « Combien de gens font-ils des récits de bataille,/ Dont ils se sont tenus loin? » (acte I, scène I) Le comique de cette scène réside dans l'opposition du personnage poltron de Sosie et la bravoure qui ressort de ses tirades.

Avec *Amphitryon*, Molière écrit une pièce qui se distingue de la plupart de ses comédies tant par la forme que par le fond. Certes, le sujet n'est ni nouveau ni original, puisque Molière reprend l'histoire de l'*Amphitryon* de Plaute, mais il confère au texte l'élégance du vers rimé et un comique qui lui est propre : intrigue où les quiproquos se succèdent, gestes et jeux de mots suscitant le rire, etc. Les personnages rappellent tantôt ceux de la farce, populaires, voire grossiers, tantôt ceux de la tragédie, emprunts à la mythologie gréco-romaine. Tout se fait en complicité avec le public qui n'est pas sans reconnaitre Louis XIV et ses amours frivoles sous les traits de Jupiter surpris en plein jeu de séduction.

PISTES DE RÉFLEXION

QUELQUES QUESTIONS POUR APPROFONDIR SA RÉFLEXION...

- Quelle est la fonction du prologue ? Quelles informations fournit-il au spectateur ? Développez.
- En quoi Sosie correspond-il au personnage de valet traditionnel de comédie ?
- Quel(s) rôle(s) jouent Mercure et Jupiter dans la pièce ?
- Comparez les réactions d'Alcmène et de Cléanthis. Sont-elles similaires ?
- En quoi le personnage de Sosie est-il un miroir déformé du personnage d'Amphitryon ?
- Comparez le personnage de Jupiter et celui de Mercure.
- Analysez le récit que fait Sosie à sa lanterne dans la scène I de l'acte I : en quoi peut-on dire qu'il s'agit de la parodie d'un récit épique ?
- Analysez la scène VI de l'acte II : quels sont les moyens employés par Jupiter pour se faire pardonner par Alcmène ?

- Comparez la confrontation de Sosie avec Mercure et celle d'Amphitryon avec Jupiter. Sont-elles de même nature et ont-elles la même importance dans l'intrigue ?
- Les personnages de Sosie et d'Amphitryon ont donné naissance à deux antonomases. Donnez une définition de cette figure de style et expliquez-en l'origine sur base de votre lecture.

Votre avis nous intéresse !
Laissez un commentaire sur le site de votre librairie en ligne
et partagez vos coups de cœur sur les réseaux sociaux !

POUR ALLER PLUS LOIN

ÉDITION DE RÉFÉRENCE

- MOLIÈRE, *Amphitryon*, Paris, Le Livre de Poche, coll. « Le Théâtre de Poche », 1999, 177 p.

ÉTUDES DE RÉFÉRENCE

- BARATON A., *L'Amour à Versailles*, Paris, Le Livre de Poche, 2009, 282 p.

- DEGAINE A., *Histoire du Théâtre dessinée*, Saint Genouph, Nizet, 2008, 437 p.

- CUYLEN P., *Parcours et références, Théâtre et textes d'idées, 3ᵉ/ 4ᵉ secondaire*, Bruxelles, De Boeck, 222 p.

- FAGUET É., *En lisant Molière : l'homme et son temps, l'écrivain et son œuvre*, Paris, Hachette, 1914, 318 p.

- GALLO M., *Louis XIV, Le Roi-Soleil*, Paris, Pocket, 2007, 425 p.

- *La Farce du Cuvier et autres farces du Moyen Âge*, Paris, Flammarion, coll. « Étonnants classiques », 93 p.

- PLANCHE G., « Les reprises au Théâtre-Français, l'*Amphitryon* de Molière », in *Revue des deux mondes*, le 15 octobre 1856, t. IV, p. 456-459.

SUR LEPETITLITTÉRAIRE.FR

- Fiche de lecture sur *Dom Juan* de Molière.

- Fiche de lecture sur *George Dandin* de Molière.

- Fiche de lecture sur *L'Avare* de Molière.

- Fiche de lecture sur *Le Bourgeois gentilhomme* de Molière.

- Fiche de lecture sur *L'École des Femmes* de Molière.

- Fiche de lecture sur *L'Impromptu de Versailles* de Molière.

- Fiche de lecture sur *Le Malade imaginaire* de Molière.

- Fiche de lecture sur *Le Misanthrope* de Molière.

- Fiche de lecture sur *Le Médecin volant* de Molière.

- Fiche de lecture sur *Le Tartuffe* de Molière.

- Fiche de lecture sur *Les Femmes savantes* de Molière.

- Fiche de lecture sur *Les Fourberies de Scapin* de Molière.

- Fiche de lecture sur *Les Précieuses ridicules* de Molière.

DUMAS
- Les Trois Mousquetaires

ÉNARD
- Parlez-leur de batailles, de rois et d'éléphants

FERRARI
- Le Sermon sur la chute de Rome

FLAUBERT
- Madame Bovary

FRANK
- Journal d'Anne Frank

FRED VARGAS
- Pars vite et reviens tard

GARY
- La Vie devant soi

GAUDÉ
- La Mort du roi Tsongor
- Le Soleil des Scorta

GAUTIER
- La Morte amoureuse
- Le Capitaine Fracasse

GAVALDA
- 35 kilos d'espoir

GIDE
- Les Faux-Monnayeurs

GIONO
- Le Grand Troupeau
- Le Hussard sur le toit

GIRAUDOUX
- La guerre de Troie n'aura pas lieu

GOLDING
- Sa Majesté des Mouches

GRIMBERT
- Un secret

HEMINGWAY
- Le Vieil Homme et la Mer

HESSEL
- Indignez-vous !

HOMÈRE
- L'Odyssée

HUGO
- Le Dernier Jour d'un condamné
- Les Misérables
- Notre-Dame de Paris

HUXLEY
- Le Meilleur des mondes

IONESCO
- Rhinocéros
- La Cantatrice chauve

JARY
- Ubu roi

JENNI
- L'Art français de la guerre

JOFFO
- Un sac de billes

KAFKA
- La Métamorphose

KEROUAC
- Sur la route

KESSEL
- Le Lion

LARSSON
- Millenium I. Les hommes qui n'aimaient pas les femmes

LE CLÉZIO
- Mondo

LEVI
- Si c'est un homme

LEVY
- Et si c'était vrai…

MAALOUF
- Léon l'Africain

MALRAUX
- La Condition humaine

MARIVAUX
- La Double Inconstance
- Le Jeu de l'amour et du hasard

MARTINEZ
- Du domaine des murmures

MAUPASSANT
- Boule de suif
- Le Horla
- Une vie

MAURIAC
- Le Nœud de vipères

MAURIAC
- Le Sagouin

MÉRIMÉE
- Tamango
- Colomba

MERLE
- La mort est mon métier

MOLIÈRE
- Le Misanthrope
- L'Avare
- Le Bourgeois gentilhomme

MONTAIGNE
- Essais

MORPURGO
- Le Roi Arthur

MUSSET
- Lorenzaccio

MUSSO
- Que serais-je sans toi ?

NOTHOMB
- Stupeur et Tremblements

ORWELL
- La Ferme des animaux
- 1984

PAGNOL
- La Gloire de mon père

PANCOL
- Les Yeux jaunes des crocodiles

PASCAL
- Pensées

PENNAC
- Au bonheur des ogres

POE
- La Chute de la maison Usher

PROUST
- Du côté de chez Swann

QUENEAU
- Zazie dans le métro

QUIGNARD
- Tous les matins du monde

RABELAIS
- Gargantua

RACINE
- Andromaque
- Britannicus
- Phèdre

ROUSSEAU
- Confessions

ROSTAND
- Cyrano de Bergerac

ROWLING
- Harry Potter à l'école des sorciers

SAINT-EXUPÉRY
- Le Petit Prince
- Vol de nuit

SARTRE
- Huis clos
- La Nausée
- Les Mouches

SCHLINK
- Le Liseur

SCHMITT
- La Part de l'autre
- Oscar et la
  Dame rose

SEPULVEDA
- Le Vieux qui
  lisait des romans
  d'amour

SHAKESPEARE
- Roméo et Juliette

SIMENON
- Le Chien jaune

STEEMAN
- L'Assassin
  habite au 21

STEINBECK
- Des souris et
  des hommes

STENDHAL
- Le Rouge et
  le Noir

STEVENSON
- L'Île au trésor

SÜSKIND
- Le Parfum

TOLSTOÏ
- Anna Karénine

TOURNIER
- Vendredi ou
  la Vie sauvage

TOUSSAINT
- Fuir

UHLMAN
- L'Ami retrouvé

VERNE
- Le Tour
  du monde
  en 80 jours
- Vingt mille
  lieues sous
  les mers
- Voyage au
  centre de
  la terre

VIAN
- L'Écume des jours

VOLTAIRE
- Candide

WELLS
- La Guerre des
  mondes

YOURCENAR
- Mémoires
  d'Hadrien

ZOLA
- Au bonheur
  des dames
- L'Assommoir
- Germinal

ZWEIG
- Le Joueur
  d'échecs

ISBN version numérique : 978-2-8062-1914-5
ISBN version papier : 978-2-8062-1051-7
Dépôt légal : D/2017/12603/958

Avec la collaboration d'Ariane César pour les chapitres « De la farce à la comédie galante », « Le couple valet-maitre » et « Une satire de la Cour de Louis XIV ».

Conception numérique : Primento,
le partenaire numérique des éditeurs.

Ce titre a été réalisé avec le soutien de la Fédération Wallonie-Bruxelles, Service général des Lettres et du Livre.